roman vert

Dominique et Compagnie

Sous la direction de

Yvon Brochu

Ania Kazi

Monsieur Alphonse et le secret d'Agathe

Illustrations

Gabrielle Grimard

Catalogage avant publication de la Bibliothèque nationale du Canada

Kazi, Ania

Monsieur Alphonse
et le secret d'Agathe
(Roman vert)
Pour enfants de 8 ans et plus

ISBN 2-89512-365-9

I. Grimard, Gabrielle, 1975-.
II. Titre.

PS8571.A97M66 2004 jC843'.6 C2003-941208-3
PS9571.A97M66 2004

Dépôts légaux: 1er trimestre 2004
Bibliothèque nationale du Québec
Bibliothèque nationale du Canada
Bibliothèque nationale de France

ISBN 2-89512-365-9
Imprimé au Canada

10 9 8 7 6 5 4 3 2 1

Direction de la collection:
Yvon Brochu, R-D création enr.
Éditrice: Agnès Huguet
Direction artistique et graphisme:
Primeau & Barey
Révision-correction:
Martine Latulippe

Dominique et compagnie
300, rue Arran
Saint-Lambert (Québec) J4R 1K5
Téléphone: (514) 875-0327
Télécopieur: (450) 672-5448
Courriel:
dominiqueetcie@editionsheritage.com
Site Internet:
www.dominiqueetcompagnie.com

Nous remercions le Conseil des Arts
du Canada de l'aide accordée à notre
programme de publication.

Nous reconnaissons l'aide financière
du gouvernement du Canada par
l'entremise du Programme d'aide au
développement de l'industrie de l'édition
(PADIÉ) pour nos activités d'édition.

Nous reconnaissons l'aide financière du
gouvernement du Québec par l'entremise du Programme de crédit d'impôt
pour l'édition de livres – SODEC – et du
Programme d'aide aux entreprises du
livre et de l'édition spécialisée.

*Pour Elsa et Poussière
de lune, et pour Yolande qui
leur sourit d'en haut.*

Chapitre 1

Un nouveau voisin bien étrange

Par une belle matinée ensoleillée, un camion s'arrête en toussotant devant le 46, rue des Moineaux. Derrière leurs rideaux discrètement tirés, les voisins sont au poste. Un déménagement, c'est toujours amusant. On peut voir si le nouveau locataire aime les abat-jour en fourrure bleue et les divans à pois roses. S'il possède des objets de valeur comme un piano, ou s'il n'a que de vieilles choses.

Mais ils sont déçus, les voisins. Déçus et surpris. Car rien d'intéressant ne sort du ventre blanc du camion. En fait, le nouveau venu ne semble pas avoir de meubles. Ni table, ni chaises, ni lit. Ni divan, ni commode, ni tapis. «C'est impossible! bougonne Jack. Impossible! Il m'énerve.» Jack, ou «Radio Jack», est le plus grand placoteux et colporteur de rumeurs du quartier.

Le camion a déversé son contenu de carton sur le trottoir. Le conducteur regagne sa place, claque sa portière et sort la tête.

–Au revoir, monsieur Alphonse!

Voilà. Comme tout spectacle, les curieux n'ont ensuite droit qu'à un long cortège de petites boîtes plus ou moins bien ficelées, dirigé par une silhouette d'homme. Les yeux qui s'écarquillent le mieux peuvent aussi entrevoir un rongeur agité et un grand oiseau bleu qui suivent l'homme et ses boîtes jusque dans leur nouveau logement. Puis, plus rien.

Rien non plus durant les jours, les semaines et les mois qui suivent.

Jack ne comprend pas. Certes, les logements de la rue possèdent bien une cuisinière électrique et un réfri-gérateur, mais c'est tout. Comment peut vivre ce drôle de numéro, ce monsieur Léonce, ou Alphonse ? Pauvre Jack. La curiosité lui donne de l'eczéma et l'empêche de dormir la nuit. Sa femme a beau lui dire d'arrêter d'y penser, peine perdue. Il faut absolument qu'il éclaircisse ce mystère.

– On compte sur toi, Radio, lui disent ses amis en lui donnant des tapes dans le dos.

« Tout d'abord, se dit Jack, ça prend

un gâteau.» Quelque chose à offrir, qui lui permettrait de s'inviter chez le nouveau venu. Un gâteau avec le mot «Bienvenue» élégamment dessiné en glaçage chocolaté. Parfait. Après tout, monsieur Alphonse n'a pas eu de comité d'accueil lors de son arrivée dans le quartier. Radio se fait la barbe, cire ses souliers, et le voilà fin prêt. Conscient de sa responsabilité d'ambassadeur, ou plutôt d'espion du quartier, Radio se dirige à grandes enjambées vers le logement de monsieur Alphonse.

«Toc toc toc!»

Pas de réponse. Pourtant, on entend bouger dans l'appartement.

«Toc toc toc!»

Toujours rien, sauf un bruit de papier froissé. Bizarre. Est-ce qu'il serait encore en train de défaire des boîtes?

–Bonjour ! Il y a quelqu'un ?

Le bruit cesse, puis reprend. Jack se balance d'une jambe à l'autre. Qu'est-ce qu'on attend pour lui répondre ? Soudain, la porte s'ouvre. Personne. Qu'est-ce qui se passe ? Sans réfléchir et sans y être invité, Jack décide de s'engouffrer dans l'appartement. Mauvaise idée. Un tas de plumes enragé se jette sur sa tête et lui martèle le crâne. Le cœur de Jack fait trois petits sauts dans sa poitrine. Mon Dieu, un oiseau de proie ! Il se débat de son mieux en essayant de ne pas faire tomber le gâteau.

–À l'attaque ! Pirate à bâbord, pirate à bâbord, pirate à bâbord !

Jack respire. Un perroquet ! Ce n'est qu'un perroquet…

Une voix d'homme se fait entendre du fond de l'appartement.

– Qu'est-ce qu'il y a, Ulysse ?

– Un pirate ! Un pirate !

Entre-temps, Ulysse, puisque cela semble bien être le nom de l'affreux volatile, a décidé d'adopter Radio Jack comme perchoir. Jack veut s'enfuir, mais il n'arrive pas à bouger la jambe droite. Il baisse les yeux et voit une petite souris qui tire furieusement sur le bas de son pantalon. Jack commence à avoir chaud. Quelles autres bestioles féroces se cachent dans cette maison maudite ?

– Qui êtes-vous ?

La voix s'est rapprochée. Radio a enfin devant lui monsieur Alphonse, le nouveau voisin.

Chapitre 2

Une expédition nocturne

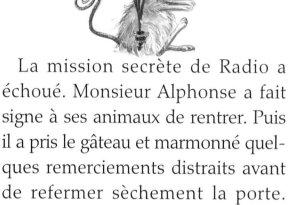

La mission secrète de Radio a échoué. Monsieur Alphonse a fait signe à ses animaux de rentrer. Puis il a pris le gâteau et marmonné quelques remerciements distraits avant de refermer sèchement la porte. Quel accueil! Jack n'a pu mettre le moindre petit orteil dans la demeure du nouveau venu.

Il est temps de passer aux choses sérieuses. Finis les gâteaux et les visites du dimanche. Une expédition nocturne effectuée à la lueur d'une lampe de poche réglera l'affaire.

C'est ainsi qu'une nuit, muni de ses semelles les plus silencieuses, Jack sort dans la ruelle et gravit tout doucement les marches métalliques de l'escalier de secours qui mène à la cuisine de monsieur Alphonse. Il n'a pas encore pensé à ce qu'il fera si la porte est verrouillée. D'ailleurs, il essaie de penser le moins possible.

Heureusement pour lui, la poignée tourne facilement. Monsieur Alphonse dort chez lui en toute confiance. Jack pousse doucement la vieille porte brune. Un grincement. Il s'arrête. Pousse encore un peu. Un autre grincement. La porte est à peine entrebâillée, et Jack est trop gros pour se glisser dans l'ouverture.

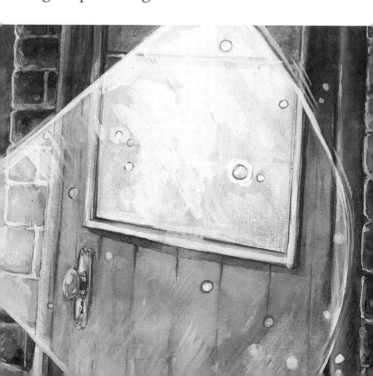

«Bon. Cessons de tourner autour du pot», se dit Jack, qui utilise le «nous» pour se donner du courage. Il faut y aller d'un coup sec, comme une tarte qu'on démoule. Il ouvre la porte toute grande. La porte gémit, et Jack entend une série de «Quoi? Quoi? Quoi?» qui lui glace le sang.

Le perroquet! Comment a-t-il pu oublier cet ignoble perroquet qui se prend pour un oiseau de proie? Voilà ce qui arrive quand on met son cerveau en veilleuse. Radio frotte peureusement le sommet de son crâne. Il attend quelques secondes en retenant son souffle. Mais Ulysse a dû imaginer entendre les craquements d'un voilier qui plie au vent; il est retombé dans ses rêves de mers chaudes et de batailles navales. Radio peut se remettre à respirer.

Inspiration, expiration. Inspiration, expiration. S'il parvient à compléter sa visite clandestine sans tomber sur une souris somnambule, il pourra retourner chez lui en paix. Il est minuit, il a faim et sommeil. Décidément, il ne comprend pas les héros qui passent des nuits entières à élucider des mystères. Tout ce qu'il veut en ce moment, c'est un morceau de tarte au citron et son gros oreiller de plumes.

• • •

Radio revient de sa visite, ou plutôt de son intrusion chez monsieur Alphonse, les yeux ronds comme des melons. Encore tout éberlué, il se glisse dans son lit, les épaules secouées par le rire. Ce n'est pas ce soir qu'il pourra dormir, pas après ce qu'il a vu…

Le lendemain matin, tout le voisinage est attroupé devant sa maison.

−Je vous le dis, de toute ma vie, je n'ai jamais rien vu de tel !

−Quoi ?

−Allez, Radio. Raconte !

−Vous ne me croirez jamais !

Radio fait tournoyer sa casquette autour de son index. Il adore ces moments où toutes les oreilles sont tendues vers lui.

−Mais quoi, vas-tu parler ?

Radio est gourmand. Il s'étire, savoure son plaisir.

−Eh bien, cette maison, elle est remplie de…

−De… ?

Radio rit silencieusement.

−De quoi, Radio ? De cafards ?

– De lézards ?

– D'objets d'art ?

Radio a devant lui mille points d'interrogation.

En quelques instants, la maison de monsieur Alphonse se remplit de trésors fabuleux rapportés des contrées les plus lointaines. D'ossements desséchés ayant appartenu à d'illustres ennemis. De boîtes de nourriture en poudre entreposées en cas d'attaque nucléaire.

Radio écoute et ne contredit personne.

– Allez, Radio, parle.

Du coin de l'œil, Radio remarque un mouvement dans le groupe : quelques badauds exaspérés menacent de retourner chez eux. Et si Radio a un talent, c'est bien celui de garder son auditoire.

Il ouvre enfin la bouche :

– Cette maison, eh bien, elle ne contient qu'une seule chose.

On entend au loin le son d'une tondeuse qui démarre une dernière fois avant l'hiver.

– Elle est pleine… de journaux ! De montagnes de journaux !

Un mélange de « Oh ! » ébahis et de « Ah… » déçus s'élève dans l'air matinal.

Radio Jack dit vrai. Car des journaux, il y en a partout chez monsieur Alphonse. Des piles et des piles. Ils lui servent de chaises, de table, de lit. Sa baignoire en est pleine et, comme il est un peu étourdi, il y en a même dans son réfrigérateur, entre le pain et le lait !

– Je vous le dis, rigole Radio. Ce n'est pas un homme, c'est un écureuil : il se fait des réserves!

– Tu n'exagères pas un peu, Radio? Ce ne serait pas la première fois!

Eh non, Radio Jack n'a pas exagéré. Monsieur Alphonse vit dans le papier comme une mite dans un vieux chandail de laine. C'est que monsieur Alphonse veut tout connaître du monde. Mais comme il ne peut retenir autant d'information, il la garde à ses côtés, comme une amie. Les articles qui l'intéressent sont découpés, soulignés, puis empilés. Parfois il les relit pour se rappeler une époque, ou pour arrêter le temps. «Un bon article, dit-il, c'est comme du bon vin.» Les articles jaunissent et s'entassent les uns sur les autres. Le cerveau de monsieur Alphonse, lui, pédale furieusement pour tout classer et enchaîner dans le bon ordre. Quand il se couche le soir, ses doigts sont noirs et sa tête bourdonne.

Chapitre 3

La drôle de vie de monsieur Alphonse

Heureusement qu'il ne vit pas seul, monsieur Alphonse. Ulysse et Georgette ont chacun leur chambre chez lui. Sans eux, c'est vrai qu'il aurait pu devenir complètement bizarre.

Ulysse, un grand perroquet bleu et bagarreur, lui rappelle que c'est l'heure de manger et l'amuse avec ses histoires navales. Et Georgette, la belle Georgette, empêche secrètement le tas de journaux de devenir vraiment trop gros. Un petit bout par-ci, un petit bout par-là.

Le perroquet et la souris se chamail-
lent souvent, comme le font les vieux
amis. Si Ulysse aime bien raconter que
ses ancêtres sont de grands pirates,
Georgette, elle, lui rappelle que les
siens sont arrivés en Amérique avec
nul autre que Christophe Colomb.
Ulysse lui répond alors que c'est sûrement à cause de l'appétit des souris
pour les cartes maritimes que le cé-
lèbre explorateur s'est perdu. Avec ses
cartes pleines de trous, il a confondu
l'Amérique et l'Inde. Leurs petites que-
relles quotidiennes mettent de la vie
dans la maison et ne dérangent nulle-
ment la lecture de monsieur Alphonse.

Les journées de monsieur Alphonse
s'écoulent, paisibles. Il sort très ra-
rement de chez lui et ne parle à personne. Sauf, quand il le faut, à Max

le camelot et à Gontran, le livreur de l'épicerie. Les deux compères se rencontrent parfois au coin de la rue pour alimenter la rumeur :

– À ce qu'il paraît, il y a des nids de rats dans la maison de monsieur Alphonse.

– Quelle horreur ! Mais tu sais, ça ne me surprend pas. Tu as vu la quantité de papier dans cette baraque ?

– Il y a de quoi nourrir grassement plusieurs familles de rongeurs…

– Au fait, savais-tu que monsieur Alphonse a failli causer un incendie dans son ancien immeuble ?

– C'est bien possible : j'ai l'impression qu'il s'éclaire à la chandelle.

– Et je te parie qu'il lit en mangeant…

– Il n'y a rien de pire, mon vieux, rien de pire.

Et patati, et patata. Monsieur Alphonse se doute bien que des bruits de plus en plus fous courent à son sujet. Mais peu importe. Il n'a besoin de personne, ne veut parler à personne. Quand il était petit, sa mère l'appelait «Alphonse, mon petit faon» et disait qu'il était de santé fragile. Elle lui faisait l'école à la maison. Un jour, elle a eu l'idée d'utiliser les journaux pour lui montrer l'histoire, la géographie, le calcul et le français, et c'est ainsi que tout a commencé.

Le petit Alphonse est devenu monsieur Alphonse et l'habitude des journaux a grandi avec lui. Monsieur Alphonse a continué de vivre à l'écart de tout, explorateur échoué sur une île de papier.

Oui, se dit-il, il est heureux, très heureux, à lire et à relire ses journaux et à mémoriser l'histoire du monde. Et il ne faut surtout pas qu'il s'arrête. Un retard serait difficile à rattraper et lui rendrait la vie impossible. Ah! il a de la chance, monsieur Alphonse, d'avoir Georgette et Ulysse pour le ramener sur terre, sinon il ne mangerait jamais, et il dormirait à peine.

D'ailleurs, Ulysse et Georgette ont gentiment essayé, à plusieurs reprises, de détourner monsieur Alphonse de son idée fixe.

– Te souviens-tu, Ulysse, de la plante en pot qu'on lui avait offerte pour son anniversaire?

– Crassula! Crassula!

Ulysse se souvient bien de cette plante qui portait le nom de «Crassula», un drôle de nom qui faisait penser à un vampire ou à un ogre aux cheveux gras. C'est Georgette qui

l'avait rapportée d'une de ses expé-
ditions. Ulysse n'y était pour rien.

—Je sais, Ulysse, je sais : tu n'étais
pas d'accord. Mais avoue qu'il fallait
essayer !

Georgette s'était dit qu'une plante
dont il aurait à s'occuper pourrait lui
changer les idées. Mais le pauvre
monsieur Alphonse s'était mis à dé-
tester cette chose qui avait besoin
d'être taillée, attachée, dépuceron-
née, transplantée, douchée. Il l'avait
tellement prise en grippe que le mot
« Crassula » était devenu un juron
dans sa bouche. « Crassula ! J'ai encore oublié de sortir les poubelles.
Crassula de Crassula ! Je n'aurai jamais le temps de terminer ce journal. » N'en pouvant plus, Ulysse en
avait finalement fait don au fleuriste
le plus proche.

—En tout cas, ce n'est pas moi qui ai eu la brillante idée de cacher ses lunettes pour l'empêcher de travailler!

Ulysse rougit sous son plumage bleu mer. Dissimuler les lunettes de monsieur Alphonse dans le fond du réfrigérateur n'avait pas été la trouvaille du siècle non plus. Sans ses verres, monsieur Alphonse n'y voyait goutte. Les lettres disparaissaient comme des morceaux de pain dans une fondue au fromage. Désespéré, monsieur Alphonse était devenu complètement immobile, comme un grand chef indien qui attend la mort. Ulysse avait vraiment eu peur, et les lunettes avaient miraculeusement retrouvé le long nez de monsieur Alphonse.

Georgette poursuit:

—Et te rappelles-tu ce drôle de type

qui est venu nous porter un gâteau quelques mois après notre déménagement ici ? J'avais essayé de le retenir, pour qu'il se lie d'amitié avec monsieur Alphonse. Mais toi, grand nigaud, tu as préféré l'attaquer !

Coup de bec, coup de patte, la querelle est repartie.

Les yeux bleus de monsieur Alphonse sourient derrière leurs lunettes. Il a entendu des bribes de conversation et il ne peut s'empêcher d'être touché par les efforts de ses deux amis. Il s'approche d'eux et, comme sa bougonnerie cache un grand cœur, il les prend dans ses bras.

– Georgette, Ulysse, arrêtez de vous chamailler ! Je vous assure que je n'ai pas besoin d'aide. Je vais très bien, ajoute-t-il en ouvrant avec délice un journal tout neuf.

La souris et le perroquet se regardent : ils ne sont pas convaincus, mais ils ne peuvent vraiment rien y faire.

Chapitre 4

Ah, les beaux jours...

Voilà déjà un automne et un hiver que monsieur Alphonse habite le logement de la rue des Moineaux. Un hiver qui d'ailleurs tire à sa fin. La neige commence à fondre un peu partout et les enfants jouent nu-tête dans la boue.

Même monsieur Alphonse émerge de son engourdissement. Il sort sur le balcon, contemple avec bienveillance les premiers signes du printemps par-dessus ses lunettes, puis étend sur la corde à linge les journaux les plus humides pour leur donner une nouvelle fraîcheur. Les feuilles grises claquent au vent comme des drapeaux, et ce son berce les pensées de monsieur Alphonse. Il prend une grande respiration, puis tousse et éternue. Il faudrait tout de même qu'il s'occupe un peu plus de sa santé. Avec toute cette poussière de papier, il finira par avoir des champignons dans les poumons. C'est ce qu'Ulysse lui a dit, il y a très longtemps, sans doute pour lui faire peur.

Mais monsieur Alphonse s'est vite ressaisi. Il a fini par fermer la fenêtre et tirer les rideaux, pour mieux se concentrer. Il ne doit pas se laisser distraire par le beau temps. Lire, découper, lire, découper, classer. Ulysse et Georgette sont découragés. Que faire pour sortir monsieur Alphonse de son trou? Ce n'est pas une vie, ni pour lui ni pour eux. Mais, même si parfois ils sentent l'appel du monde extérieur, jamais ils n'auraient le cœur d'abandonner leur vieil ami.

Voilà qu'un jour, Georgette revient d'une de ses longues explorations des alentours toute rose d'excitation. Elle est montée sur la trottinette de Matt, le chat tigré. Moustaches au vent, agrippée à son pelage, elle l'a accompagné à travers tout un dédale de rues, de ruelles, de rigoles et de caniveaux, jusqu'à son repaire. Georgette ne tient plus en place : cet endroit, elle doit absolument le faire connaître à monsieur Alphonse.

– Monsieur Alphonse, monsieur Alphonse !

– Humm ?…

– MONSIEUR ALPHONSE !

– Humm humm…

– MON-SIEUR AL-PHONSE !

– Georgette, tu vois bien que je suis en train de lire !

– Eh bien, justement !

– Je ne comprends pas.

– Vous aimez lire, n'est-ce pas, monsieur Alphonse ?

– Vraiment, Georgette, en voilà une question ridicule ! Où veux-tu en venir ?

– Question ridicule ! Question ridicule ! répète Ulysse en battant des ailes.

Georgette le fait taire du regard.

– Ne vous fâchez pas, monsieur Alphonse. J'ai découvert un endroit fabuleux. Vous devez absolument me suivre !

Monsieur Alphonse soupire. Georgette est têtue, et il le sait. Qu'est-ce qu'elle a encore inventé ? Il marmonne quand même :

– Est-ce vraiment nécessaire ?

– Je vous jure que vous ne le regretterez pas, monsieur Alphonse. Depuis combien de temps n'êtes-vous pas sorti de chez vous ? Vous verrez. Bouger vous fera le plus grand bien.

Monsieur Alphonse soupire de nouveau, replie son journal et prend sa longue veste.

– Tu viens avec nous, Ulysse ?

Ulysse hésite, se gratte la tête du bout de l'aile et sautille sur place. Georgette l'agace quand elle veut tout mener, mais la curiosité finit par l'emporter.

Ulysse sur son épaule et Georgette trottant fièrement devant lui, monsieur Alphonse sort enfin de son logement. Il ne s'en doute pas encore, mais ce qu'il est sur le point de découvrir va changer sa vie.

41

Chapitre 5

De découverte en découverte

Georgette guide Ulysse et monsieur Alphonse à travers le quartier, empruntant tout de même des chemins plus fréquentables que ceux suivis par son nouvel ami le matou. Le printemps bourgeonne de partout, et Alphonse se sent presque léger.

Finalement, Georgette s'arrête devant un petit commerce aux couleurs pimpantes. «Livres neufs et usagés», chante l'écriteau au-dessus de la porte. La librairie semble avoir poussé là comme une jonquille, entre deux maisons.

Ulysse, tout énervé, gesticule dans un petit nuage de plumes bleues :

– À L'ABORDAGE ! À L'ABORDAGE !

Monsieur Alphonse se tourne vers la souris.

– Vraiment, je n'y comprends rien. Tu ne trouves pas que j'ai déjà assez de lecture ?

Georgette a les yeux brillants.

– Oui, mais c'est différent, monsieur Alphonse. Quelque chose me dit que vous devez absolument entrer ici.

Il faut éviter de contredire Georgette, qui est très têtue pour un rongeur. Alphonse pousse lentement la lourde porte de bois. Son cœur se met à battre très fort quand il pénètre dans la librairie.

Il fait un pas, puis s'arrête pour reprendre son souffle : des centaines de livres, bien alignés sur les étagères, lui

font signe. De jeunes livres, de vieux livres, des livres de toutes les couleurs. «Par ici! Par ici! Viens nous voir!»

Alors commence pour monsieur Alphonse une journée qui sera interminable. Il ne sait plus où donner de la tête. Il se sent interpellé de partout, ouvre un livre, en feuillette un autre, s'arrêtant au passage pour en renifler un troisième. Ulysse a déjà repéré l'*Encyclopédie de la mer.* Georgette joue à cache-cache avec Matt, le matou de la libraire, qui est vraiment un compagnon de jeu hors pair.

Le soleil baisse à l'horizon lorsque monsieur Alphonse quitte enfin la boutique. Il salue machinalement la libraire et installe Ulysse et Georgette sur ses épaules. Il repart les mains vides, étourdi et fatigué. Mais son teint est moins gris et son dos, moins voûté. De retour chez lui, il tombe sur son lit de papier et s'endort instantanément. «C'est l'air du large, l'air du large», se dit Ulysse en lissant ses belles plumes bleues.

—Je dois admettre, Georgette, que tu as fait un bon coup, un bon coup, un bon coup, chuchote Ulysse dans l'oreille de la souris qui se roule en boule pour la nuit.

—Tu le penses vraiment? Crois-tu que ça fera du bien à monsieur Alphonse? Ulysse…

Ulysse ne répond rien. Il ronfle déjà, perché sur le réfrigérateur comme le corbeau sur son arbre.

Monsieur Alphonse y retourne le lendemain, et le surlendemain. Une petite pause dans la lecture de ses journaux ne peut pas être si dramatique, se dit-il. Il finira bien par rattraper son retard. Et ces livres, ces livres l'attirent comme des sirènes, avec leurs contes de fées et de dragons, leurs poursuites en voiture, leurs aventures dans l'espace. Tant d'univers inconnus !

Ses livres préférés sont les vieux livres, ceux qui ont appartenu à d'autres. Monsieur Alphonse s'est même surpris à jouer à un jeu de devinettes, lui qui ne joue jamais. Il essaie d'imaginer les anciens propriétaires de tous ces ouvrages. Qui sont-ils ? Où vivent-ils ? Quelle est leur vie ?

Madame la libraire ne semble pas importunée par ce drôle de client qui passe tant d'heures dans son magasin. Il faut dire qu'il n'est pas très dérangeant. Par politesse, monsieur Alphonse lui demande parfois des nouvelles de ses affaires puis, sans attendre la réponse, il repart explorer les rayons de livres et on ne le revoit plus. Madame la libraire apprécie tout de même sa présence, car la boutique est souvent vide. «Vous savez, monsieur Alphonse n'a pas toujours l'air commode, mais il a un cœur immense», lui a même confié Georgette, comme pour l'excuser. Et puis Ulysse l'amuse, et la petite souris semble bien s'entendre avec son matou.

Le pauvre monsieur Alphonse fréquente la librairie pendant dix jours. Il est incapable de choisir quoi que ce soit. Ulysse, Georgette et Matt, qui sont devenus amis, sortent dans la rue jouer avec le printemps. Ils se sont fait des bateaux en papier et s'amusent à les faire couler dans les flaques d'eau. Quant à monsieur Alphonse, il repart toujours à l'heure de la fermeture, le cerveau affolé, en bégayant des remerciements rapides à la dame un peu ronde assise derrière le comptoir.

Au bout de dix jours, madame la libraire a pitié de monsieur Alphonse :

– Si vous me le permettez, lui conseille-t-elle de sa voix douce, je pourrais vous aider à choisir. Je viens justement de recevoir quelques bouquins qui risquent de vous plaire.

Madame la libraire se penche derrière sa caisse enregistreuse et ramasse trois livres qu'elle attache avec une ficelle rouge.

– Voilà. Comme ils sont usés et que la couverture est un peu abîmée, je vous fais un prix d'amie. Je pense que vous ne regretterez pas votre achat.

Le sourire réjoui de la vendeuse brille dans la pénombre de la boutique. Reconnaissant, monsieur Alphonse

paie les livres fébrilement, balbutie encore un «Merci» confus et s'enfuit précipitamment, son paquet sous le bras. Georgette et Ulysse ont peine à le suivre. Georgette n'en revient pas. Est-ce bien monsieur Alphonse qui file ainsi?

– C'est le vent arrière, le vent arrière, explique le perroquet.

Les jours suivants, monsieur Alphonse fait la connaissance de ses nouveaux livres. Il les ouvre un à un, délicatement, comme on déplie une fleur fermée. Il remarque alors quelque chose de particulier. Sur la première page de chaque livre, on retrouve la même signature ronde: «Agathe».

Tous ces livres sont drôlement écrits. Les phrases sont courtes. Elles sont disposées en colonnes comme dans les journaux, mais elles riment et parlent de tout et de rien, de la vie, du temps, des gens. Qu'est-ce que ça peut bien être ? Ulysse, qui a quand même connu le monde, s'installe sur l'épaule osseuse de monsieur Alphonse et tend le cou.

– C'est de la poésie, de la poésie, de la poésie.

Monsieur Alphonse est étonné et séduit. Lui, le collectionneur de mots, n'a jamais rien lu de tel. Il remarque aussi quelque chose de particulier : Agathe a souligné les passages qu'elle aimait. Et tous, sans exception, contiennent des mots qui remplissent monsieur Alphonse de bonheur :

Brune lune
Chemin parfumé
Le vent dans les dunes
M'emporte vers l'été.

Ou encore :
Les vies retournent vers la terre
Mais les paroles où vont-elles ?
Elles montent et s'envolent vers le ciel
Un jour elles retomberont en pluie
Et les déserts auront fleuri.
Et plus loin :
Mon amour est une île
Que je veux protéger
Mon amour est une ville
Où je t'ai tant cherché
Mon amour est un pont
Entre toutes les saisons.

Il plonge dans ces pages de tout son corps et se laisse ballotter par le clapotis des mots. Quand il remonte à la surface, la journée est déjà terminée.

Monsieur Alphonse n'en revient pas. Il n'a jamais vécu de sensations pareilles. Et surtout, il est intrigué.

Qui est la femme qui a de telles lectures? Il se met à penser à elle. D'abord de temps en temps, puis tout le temps. Il se met à rêver à elle. D'abord dans son sommeil, puis en plein jour. Il se met à lui parler. D'abord en silence, puis à voix haute. Cela semble à peine croyable, mais c'est la première fois qu'il s'intéresse vraiment à quelqu'un d'autre. Il a beau essayer d'oublier cette ensorceleuse, de penser à autre chose, rien à faire.

Pour Georgette et Ulysse, la situation est claire:

– Vous êtes amoureux, monsieur Alphonse!

– Jamais de la vie. Pas moi!

– Amoureux! Amoureux! Amoureux! s'exclame Ulysse en virevoltant partout comme un papillon fou.

Monsieur Alphonse devient tout

rouge. Il faut se rendre à l'évidence : il n'est plus le même depuis qu'il a lu ces livres. La pensée d'Agathe l'obsède, et les journaux de la semaine s'entassent les uns sur les autres, délaissés, à peine ouverts. Monsieur Alphonse prend donc une fois de plus le chemin de la librairie. Il n'a pas le choix : il doit découvrir qui est cette Agathe.

Chapitre 6

Le secret d'Agathe

Monsieur Alphonse sent ses jambes se délier comme de la pâte à pain. Il prend une grande bouffée d'air frais. Oui, le poète a raison : il faut cueillir la fleur avant qu'elle ne se fane. « Que la vie est courte… » Et c'est presque en courant qu'il met le cap sur la librairie.

Il se précipite à l'intérieur et lance sans reprendre son souffle :

— Madame la libraire !

Madame la libraire lui répond, tout heureuse de le voir :

— Ah ! tiens ! Je ne vous ai pas vu depuis plusieurs jours. Je commençais à m'ennuyer ! Vous savez…

Monsieur Alphonse l'interrompt. Il n'a pas de temps à perdre en conversation inutile.

–Madame la libraire, qui est Agathe ?

–Je vous demande pardon ?

–Mais oui, Agathe. C'est à elle qu'appartenaient les livres de poésie que vous m'avez vendus. Qui est-elle ?

–Oh ! C'est une femme bien ordinaire.

Monsieur Alphonse sursaute, presque insulté.

–C'est impossible.

–Que voulez-vous dire, monsieur Alphonse ?

–Quelqu'un qui aime les mots qu'elle aime ne peut pas être ordinaire.

–Ah bon ? Mais je vous assure, je la connais un peu, et elle n'a absolument rien de spécial.

Monsieur Alphonse s'impatiente :

–Vous ne comprenez pas. Écoutez, je dois la rencontrer. Je dois lui parler. Où habite-t-elle ?

–Voyons, monsieur Alphonse. Vous savez bien que je ne peux pas vous donner cette information. Mais dites donc, je ne vous ai jamais vu aussi énervé !

–Je m'excuse. Je ne voulais pas m'emporter. Madame la libraire, aidez-moi, je vous en supplie. Je ne peux pas arrêter de penser à elle.

–Vraiment ? Et que voulez-vous que je fasse ?

–J'aimerais pouvoir lui parler.

–Bon. Monsieur Alphonse, je veux bien faire quelque chose pour vous. Si vous pensez encore à elle dans une semaine, revenez me voir, et je tâcherai de vous aider.

– Dans une semaine !

– Eh oui. Je veux être certaine que tout ceci n'est pas qu'un caprice passager.

Monsieur Alphonse passe cette longue semaine à lire et à relire les passages soulignés par Agathe. Ulysse et Georgette, eux, profitent de cette période de rêve éveillé pour vider le logement de la presque totalité des journaux. Monsieur Alphonse ne remarque rien, ou fait semblant de ne rien remarquer. Il est trop occupé à imaginer Agathe. Il l'imagine belle comme la première histoire du monde. Il la voit semant des constellations de poèmes à travers la voie lactée. Et surtout, il l'imagine lui lisant tranquillement des choses très douces, pour le bercer le soir et le réveiller au matin.

Il aura tant à lui dire quand il la verra.

Entre-temps, le bruit a fait le tour du quartier : monsieur Alphonse est sorti de chez lui et il cherche à connaître une dénommée Agathe.

Voilà qu'un soir, un peu avant 22 h, le téléphone sonne chez monsieur Alphonse. Monsieur Alphonse ne reçoit presque jamais d'appels. Qui cela peut-il être à cette heure tardive ?

— Allô ?

Un grand rire résonne à l'autre bout du fil. Monsieur Alphonse insiste :

— Oui ? Allô ?

— Moi, je sais qui est Agathe !

La voix rit de plus belle. C'est la voix de Radio, qui s'amuse comme un fou. Et qui raccroche comme un gamin.

Monsieur Alphonse a des palpitations. Son interlocuteur connaît-il vraiment Agathe ? Et si oui, que trouve-t-il de si drôle ? À moins que… L'imagination de monsieur Alphonse se remet à galoper, mais cette fois-ci dans une tout autre direction. Après tout, Agathe est peut-être une horrible mégère, une sorcière couverte de pustules ou une énorme tarentule poilue qui aime la lecture.

Mais monsieur Alphonse a tôt fait de chasser ces noires pensées. Son sentiment est plus fort que tout. Cela peut sembler déraisonnable, mais il aime Agathe et il n'y a vraiment rien d'autre qui compte.

• • •

La semaine finit par finir. Monsieur Alphonse retourne à la librairie, seul, plus humble que la dernière fois. Il tremble presque sous sa grande veste. Madame la libraire l'accueille en souriant.

–Vous tenez toujours à rencontrer Agathe?

–Et comment!

–Dans ce cas, je vous conseille de lui écrire une lettre, que je lui remettrai. Si elle veut bien vous rencontrer, je lui dirai de vous rejoindre ici.

Monsieur Alphonse doit admettre que c'est là une bonne idée. De toute façon, il est trop fatigué pour protester.

Chère Agathe,

Vous ne savez pas qui je suis, mais moi, j'ai l'impression de vous connaître. Ce sont les mots que vous aimez qui m'ont mené jusqu'à vous.

Je pensais que le monde n'avait plus de secrets pour moi. Mais vos livres m'ont

fait rencontrer des mots que je n'avais jamais vus ensemble auparavant. Ils m'ont fait éprouver des émotions que je n'avais jamais ressenties. Pour tout vous dire, ils m'ont débroussaillé le fond de l'âme. Je me suis mis à aimer la personne qui aimait de tels mots.

J'ai peur de vous l'avouer, Agathe, mais je crois bien que je vous aime.

Oui. AGATHE, JE VOUS AIME.

Donnez-moi la chance de faire votre rencontre. Je serai alors le plus heureux des hommes.

Je n'attends qu'un signe de vous.

SIGNÉ : Alphonse

Les jambes de monsieur Alphonse tremblent de fatigue et d'émotion. Aussi préfère-t-il confier la lettre à Ulysse. Fier de sa mission, le grand perroquet vole tel un pigeon jusqu'à la librairie.

Madame la libraire l'attend. Elle lui donne un biscuit, le flatte gentiment et lui promet de remettre aussitôt la lettre à Agathe.

– Dis à monsieur Alphonse de revenir demain. Si Agathe veut le voir, elle sera ici.

Lorsque monsieur Alphonse se présente au magasin le jour suivant, il ne voit personne d'autre que madame la libraire, qui se tient comme à l'habitude derrière son comptoir. Il a un serrement au cœur. Agathe n'a pas dû aimer sa lettre. Elle l'a sûrement trouvé insolent. Il sent son dos s'alourdir.

– Agathe n'est pas venue ?

– Mais oui, monsieur Alphonse.

– Alors pourquoi est-elle repartie ? Est-ce que je suis en retard ?

– Elle n'est pas repartie.

–Comment cela ?

–Elle est ici.

–Mais je ne vois personne !

Madame la libraire a un sourire chagriné et moqueur.

–Et moi, je ne suis personne ?

Alors monsieur Alphonse comprend tout. Il devient écarlate.

–Monsieur Alphonse, après tout ce temps passé en ma compagnie, vous ne vous êtes jamais assez intéressé à moi pour me demander mon prénom. C'est moi, Agathe.

Monsieur Alphonse a vraiment très chaud. Il voudrait fondre dans ses souliers.

–Allez, ne faites pas cette tête-là, ce n'est pas grave. Et puis, vous devez être déçu. Je ne dois pas ressembler à la femme dont vous rêviez. Si vous le voulez, on oublie toute cette histoire. Je peux comprendre.

Monsieur Alphonse s'approche du comptoir et regarde madame la libraire dans les yeux pour la première fois. La voix chantante et le sourire chaleureux qui l'ont accompagné au fil de toutes ces longues journées lui reviennent en mémoire.

–On n'oublie rien du tout. Madame la… je veux dire, Agathe, pardonnez-moi. Pardonnez à un vieux fou qui vous a vue sans vous voir.

Quelque chose le pousse à continuer, une petite voix qui lui dit de faire confiance au destin :

–Vous savez, ma lettre, je l'ai écrite avec mon cœur. Chaque mot tient toujours.

Dans l'ombre de la librairie, Agathe rosit. Ses lunettes rondes s'embuent. Elle tend une main toute chaude à monsieur Alphonse et il la serre longuement dans la sienne. Agathe sourit: elle aime les gens pas comme les autres. Dès le premier jour, elle l'avait remarqué, ce drôle de cactus au cœur tendre qui avait failli perdre la tête au milieu de tous ces livres.

Quand monsieur Alphonse refait pour la centième fois le chemin du retour, madame la libraire… enfin, Agathe, l'accompagne. Ils sont beaux à voir tous les deux: lui, droit comme un roseau, elle, ronde et rayonnante comme une lune.

Matt le matou est déjà parti porter la bonne nouvelle à ses deux amis. Au moment où les amoureux mettent le pied dans l'appartement, Matt, Georgette et Ulysse les accueillent par des cris joyeux. Agathe et monsieur Alphonse sourient sans se quitter des yeux. C'est alors qu'Ulysse, ce cher Ulysse, se racle le gosier.

– Hum hum, hum hum ! Les amis, il faut maintenant penser à l'avenir !

C'est bien la première fois que le grand perroquet ne se répète pas. Comme si tout ce bonheur l'avait lui aussi transformé.

Épilogue

Radio Jack répand la nouvelle dans tout le quartier : monsieur Alphonse et Agathe sont amoureux. Ils reçoivent beaucoup de fleurs et de lettres de félicitations. Tout le monde s'en veut un peu de s'être si longtemps moqué de monsieur Alphonse.

Ils vivent désormais ensemble tous les cinq : Agathe, monsieur Alphonse, Georgette, Ulysse et Matt le matou. À en croire Radio, ils voguent aujourd'hui à bord de La Plume, un grand voilier déniché par Ulysse. C'est le perroquet qui en est le capitaine, secondé bien sûr par Matt et Georgette, ses inséparables moussaillons. Ils font le tour du globe en longeant les côtes, pour ainsi voir du pays et se ravitailler en tout temps. Monsieur Alphonse ne vit plus sous le papier. Avec Agathe, il va lui-même aux nouvelles. Il découvre le monde centimètre par centimètre, ride par ride. Et Agathe… il en a pour le restant de ses jours à découvrir Agathe : ses fous rires, ses rages de chocolat aux cerises, son premier cheveu gris, ses talents de conteuse et ses rêves éveillés.

Et… ah oui ! Agathe chuchote bel et bien des poèmes au creux de l'oreille de monsieur Alphonse soir et matin. Et lui, en retour, lui invente des mots d'amour.

Dans la même collection

Achevé d'imprimer en février 2004
sur les presses de Imprimerie L'Empreinte inc.
à Ville Saint-Laurent (Québec)